你在幹嘛？
畫畫啊！
你在畫皇冠？
No!
公雞頭上的雞冠？
畫粽子？
恐龍背上的棘刺？
未來世界的麥當勞？
No! No!

我在畫山
中間一座高山，兩邊各一座小山。
真的，好像！
不但像，這還是古代的「山」字。
騙人！山才不是這樣寫！
就不是！
就是！
嗯～
遵命，馬上來！
喂，別吵啦！故事還在等你們開場呢！快到下一頁去吧。

國家圖書館出版品預行編目資料

抢救倉頡爺爺/林世仁文；Asta 圖.
-- 第一版. -- 臺北市：
親子天下股份有限公司, 2022.06
99面；17*21公分. -- (字的傳奇系列：3)
注音版
ISBN 978-626-305-191-1(平裝)
863.596　　　　111002384

字的傳奇 03

搶救倉頡爺爺

作者｜林世仁
繪者｜Asta Wu（本名：吳雅怡）

責任編輯｜陳毓書
特約編輯｜廖之瑋
內頁排版｜林晴子
封面設計｜黃育蘋

天下雜誌群創辦人｜殷允芃
董事長兼執行長｜何琦瑜
媒體暨產品事業群
總經理｜游玉雪
副總經理｜林彥傑
總編輯｜林欣靜
行銷總監｜林育菁
副總監｜蔡忠琦
版權主任｜何晨瑋、黃微真

出版者｜親子天下股份有限公司
地址｜台北市 104 建國北路一段 96 號 4 樓
電話｜（02）2509-2800　傳真｜（02）2509-2462
網址｜www.parenting.com.tw
讀者服務專線｜（02）2662-0332　週一～週五：09:00~17:30
讀者服務傳真｜（02）2662-6048　客服信箱｜parenting@cw.com.tw
法律顧問｜台英國際商務法律事務所・羅明通律師
製版印刷｜中原造像股份有限公司
總經銷｜大和圖書有限公司　電話：（02）8990-2588

出版日期｜2022 年 6 月第一版第一次印行
2024 年 10 月第一版第八次印行
定價｜300 元
書號｜BKKCA011P
ISBN｜978-626-305-191-1（平裝）

訂購服務
親子天下 Shopping｜shopping.parenting.com.tw
海外・大量訂購｜parenting@cw.com.tw
書香花園｜台北市建國北路二段 6 巷 11 號　電話（02）2506-1635
劃撥帳號｜50331356　親子天下股份有限公司

字的傳奇 3

搶救倉頡爺爺

文 林世仁　圖 Asta Wu

親子天下 Education‧Parenting Family Lifestyle

目錄

1 緊急任務

我在寫書法。

苞苞俠一邊幫我磨墨一邊哼歌：

「一筆一畫一個字，一字一形一世界。一形一音一個義，一橫一豎一分別。」

「轟隆！」書桌忽然搖晃起來。

「哇，地震！」苞苞俠手一抖，墨汁潑到我臉上。

眼前大亮！半空中冒出一個山洞，洞裡低頭坐著一個人。

我抹抹臉上的墨汁，發現那個人抬起頭，四隻眼睛一齊看過來。

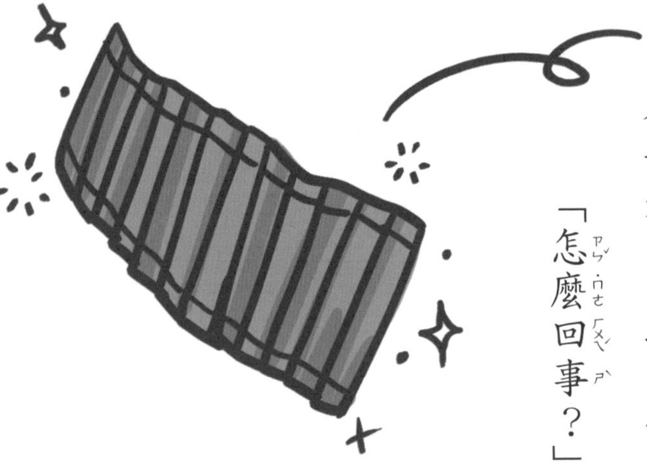

「倉——倉頡爺爺！」芭芭俠嚇得雙膝跪下。

我沒有笑芭芭俠。因為第一次影像連線時，我比他還驚訝！

倉頡張開口，正想說什麼，一道龐大黑影忽然飛壓下來——

倉頡右手一揮，拋來一樣東西。影像瞬間炸散、消失！

「怎麼回事？」芭芭俠的聲音顫抖起來，「倉頡爺爺……被……被綁架了？」

我皺起眉，低頭看著手上接住的東西。

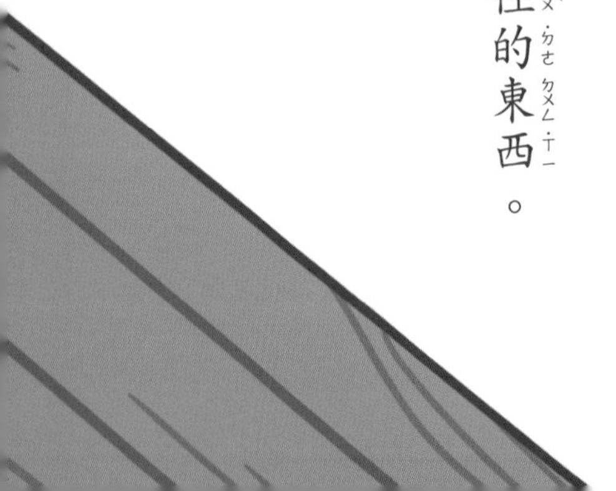

「竹簡？」苞苞俠靠過來，嚇了一跳。「倉頡爺爺送我們竹簡做什麼？」

「不是送我們，」我打開竹簡，仔細看了看。「這是幫助我們找到他的祕密通道。我們得回去救倉頡。」

「回去救倉頡爺爺？」苞苞俠不敢相信。「你是說，你要帶我穿梭時空、回到過去救倉頡爺爺？」

「你可以不用去……」

「要去！要去！」苞苞俠好興奮，「不管是哪個字妖，他敢動倉頡爺爺，我一定把他揍飛！」

竹簡上，密密麻麻，都是毛筆字。

「我們要怎麼去找倉頡爺爺？」芭芭俠盯著竹簡，「跳進去嗎？」

「不必。」我看懂了上頭的指示，「來，挑一隻動物，把手放在牠上面。」

芭芭俠挑了一隻，我選了一隻。

咻！一道光迅速把我們吸進去。

2 你是誰？

「哎呀！」芭芭俠大叫一聲，摔下來。他拍拍屁股，指著，「你真壞！害我摔跤。」

「誰叫你想騎我？」哼一聲，更生氣。

「我看你身上有『條紋墊子』才選你，沒想到你這麼壞。」

「什麼墊子？」快氣炸了，「這是我的殼！」

「殼？」芭芭俠抓抓頭，「你是螃蟹嗎？」

「是螃蟹早掐昏你了！」氣呼呼的說。

「脾氣這麼壞？」苞苞俠也生氣了，「哼，我偏要騎你！」

「停——！」我阻止他，「就算牠肯讓你騎，你也不會想騎的。」

「為什麼？」苞苞俠問。

「因為牠是——」我悄聲說：

「烏龜。」

「什麼？」苞苞俠這下看明白了。「原來是臭烏龜！」

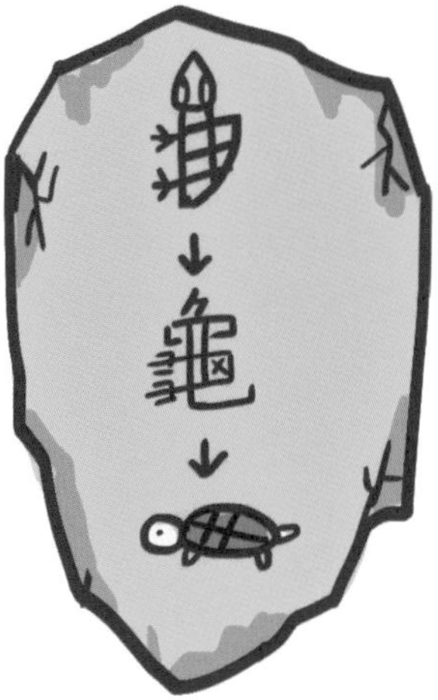

「你才是臭傢伙！」罵回來。

「你看牠多乖，都讓人騎！」芭芭俠指向我的坐騎，「咦？嗯……你騎的是什麼啊？」

溫馴的搖搖頭上的角。

「有角的？還是分岔的角？」芭芭俠想了一下。「是鹿嗎？」

「答對了！這是神鹿。」我跳下來，對芭芭俠比個大拇指。

「鹿那麼乖，你這麼壞！」芭芭俠還在鬥氣。

「哼！鹿就那麼好？變成字也不用改。就我倒楣，要被迫站起來！」

「咦？對耶。」芭芭俠不生氣了，他盯著看了好一會兒。「你正常走路都夠慢了，站起來肯定慢上加慢，不騎你也沒損失！」

鹿

「啪！」一個巴掌風打在苞苞俠臉上。

「誰？誰打我？」苞苞俠摀著臉，跳起來，瞪著空氣東找西瞧。

「我！」很得意的說：「我是超級慢，但是我也超級有耐心！你一騎上我，我就運起巴掌風。哈哈，慢歸慢，還是打到你了！」

「哇，字妖啊！」芭芭俠往後一跳，雙手比出手刀。

「想打我？還好我一開始就把同伴叫來了！」一點也不急，「現在，牠們應該都趕到了。」

一陣風沙襲來，眼前出現一排動物。

3 誰害我們罰站？

如果有五隻奇怪的動物
排成一列，站在你面前，
你怕不怕？

驚叫一聲，立刻躲到我們身後。

芭芭俠倒是完全不怕，拍著手，好像看到馬戲團動物。「好可愛！全都直立站著耶！」動物可不高興了。

第一隻抬頭大吼：「吼——」

第二隻低頭悶叫：「喵——」

第三隻耍動長鼻子，「啪啪啪！」扯下一堆樹枝。

第四隻動物昂起頭，揚起鬃毛：「嘶——」

第五隻張嘴狂吠：「汪汪汪——」

「好玩好玩！」芭芭俠披風一揚，跳上動物頭頂，東點一下，西點一下，好像在彈鋼琴，引得動物一聲一聲叫：

「吼——」「嘶——」「啪啪啪！」「喵——」「汪汪——」

芭芭俠點得開心，動物氣得哇哇叫。

跳起來，咬他一口。

「哇——好痛！」芭芭俠倒彈好幾步，「咦，你不是貓！怎麼聲音這麼像貓？」

露出尖牙：「我是豹！你沒看見我身上有斑點？」

「豹？」芭芭俠嚇得躲到我背後，「怪不得你有尖尖牙！」

「玩夠了沒？」我笑他，從懷裡掏出一副眼鏡，「文字X光鏡，你戴上看看。」

芭芭俠戴上文字X光鏡，立刻滿臉通紅，雙膝跪下。

「哇！原來您們是——虎、豹、象、馬、犬！文字老祖宗在上，請恕後生晚輩無知、無禮！」

「來者何人？敢欺負我們的龜兄弟！」大吼一聲。知道是老虎，苞苞俠不敢答話。

「誤會誤會，我們哪裡敢欺負龜兄弟？」我上前拱拱手，「在下馴字師是也！」

「馴字師？」伸長鼻子，「啪！」一聲，一下就把我甩飛。

我半空中一個轉身，輕輕落下。

「好身手！」瞪向：

「叛徒！你還為他們服務？」

一臉委屈，「象大哥，你們被迫站起來，不是我的錯啊。」

說完，轉身就逃遠了。

「是倉頡！」大吼一聲：「都是倉頡的錯！」

「對，是倉頡把我們抓到文字裡罰站！」露出尖牙：

「太可惡！太可惡了！」

「原來是您們抓走倉頡爺爺！」

苞苞俠的臉又漲紅了，這次不是慚愧，是生氣。「原來——您們都是字妖！還我倉頡爺爺來！」

「倉頡？哼！誰想抓他？我們根本就不想見他。」甩甩鬃毛，不屑的說。

「對呀，我們是想離開文字世界！」

汪汪兩聲，「我們才不想讓人把我們寫成這樣。」

「嘿嘿，離開前居然碰到你們這兩個倉頡幫凶！」[illegible]冷笑兩聲，「正好，正好！」

「正好什麼？」芭芭俠問。

「正好給本大爺磨磨牙！」[illegible]說著便撲向芭芭俠。

我趕緊把苞苞俠拉開。

「反應挺快的嘛！」大吼一聲：

「抓住他們！」

沒等他們再撲上，我雙手結印，食指前伸：「天地乾坤，字靈現身——定！」

咦，怎麼沒把他們定住？

「喂喂，你們——」苞苞俠還想上前理論，我趕緊拉住他。

「幹嘛？」

「逃啊！」我把苞苞俠甩向遠方，接著拔腿就跑。

「森林？」象字妖甩動長鼻子，像開山刀一樣，把樹木一棵棵甩飛，開出一條路。

才剛喘幾口氣，字妖的叫聲便已穿過森林，越逼越近。

「逃啊！」這一次不用我催，苞苞俠就跑得飛快。

虎字妖的吼聲又快黏到我腳後跟了！我趕緊用倉頡筆，回頭朝空中寫了一個「山」字：

「蹦！」一座大山落下來，擋住動物。

「哦耶！」苞苞俠拍拍手，「有三座山峰！這下擋住他們了。」

字妖的腳步聲一下子變得遙遠，我們終於有機會好好喘口氣。

「我們為什麼不用飛的？」苞苞俠問。

我苦笑一聲，「你可以試一試啊！」

咻——

——碰！

苞苞俠摸摸屁股，抹掉褲子上的灰。

「風來！」苞苞俠又招手大叫。

沒有風來。

「怎麼回事？」苞苞俠瞪著我，一臉困惑。

「這裡的時空有些怪異，所有法術都

失靈了。」我攤攤手，又搖搖筆。「還好，倉頡筆還管用！」

「那些字妖法力低，卻好凶！」苞苞俠說：「他們好像很不滿意自己的樣子，為什麼？」

我聳聳肩，「這得問倉頡。」

「哼，是誰那麼可惡，敢綁架倉頡爺爺？被我抓到，一定踢他屁股！」

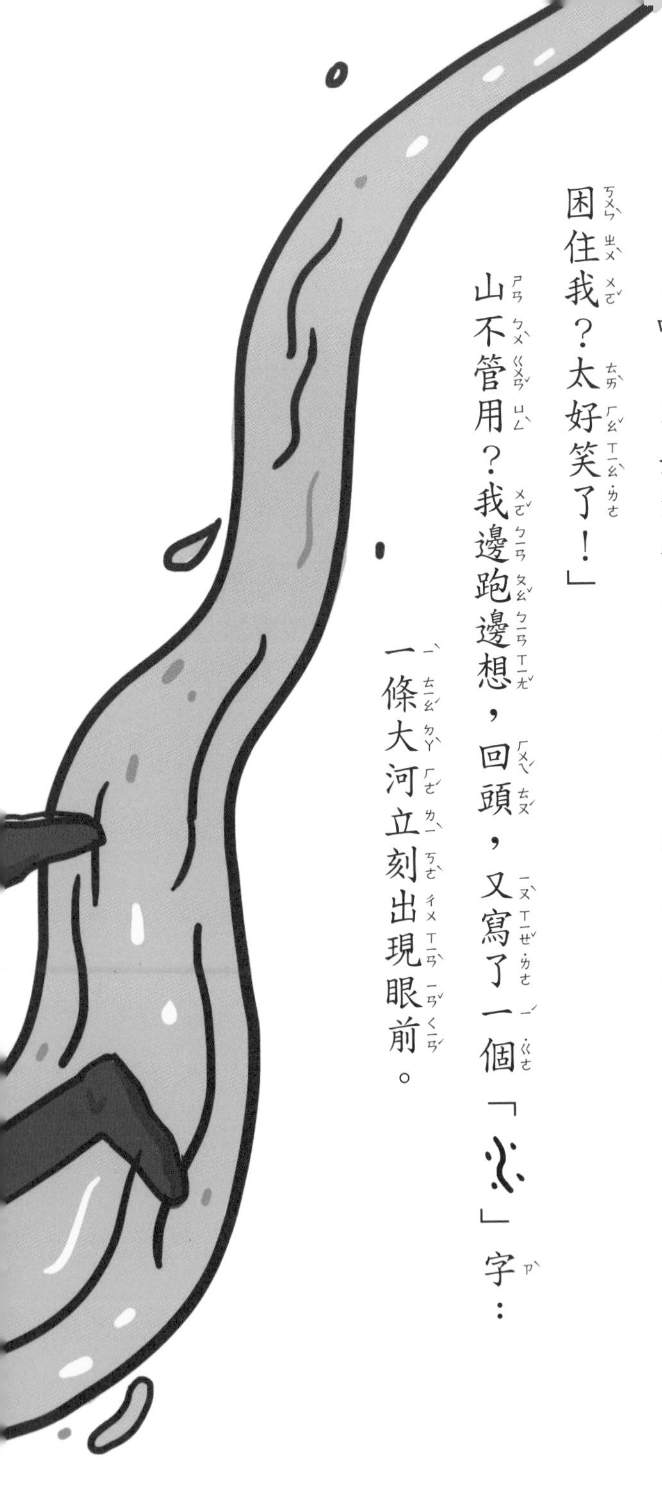

「吼——！」後頭又響起了虎字妖的叫聲。

「哇哇！怎麼這麼快就追上來了？」苞苞俠大叫一聲，拔腿就跑。

「哼，不知道我是山大王嗎？」虎字妖說：「居然想用山來困住我？太好笑了！」

山不管用？我邊跑邊想，回頭，又寫了一個「水」字：

一條大河立刻出現眼前。

「哦耶！用水擋住他們！」

苞苞俠拍拍手。

「嘩啦——」

大河一個轉身，水波沒去阻擋字妖，反而把我們捲上天。

「啊，怎麼會這樣？」苞苞俠大叫。

5 站起來的河

河水滔滔，站起身來，直直朝白雲流去。

「哇，怎麼會這樣？」芭芭俠又揉眼睛又抓頭，「這是什麼河啊？妖怪河嗎？媽媽咪啊！頭昏啦！頭昏啦！」

妖怪河？呵，是水字妖在作祟吧！

真可惜，沒法念咒。

河水轟轟亂響，我的念頭也轟轟亂響……

為什麼我的法術會失靈？是誰在背後搞鬼？

我正納悶，大河裡忽然跳出一隻。

「來來來，讓魚大爺我來收拾你們！」說著，張嘴便咬來。

「救命啊！」芭芭俠拚命閃，披風差一點就被咬住。

我趕緊用倉頡筆畫出一張網：

可惜——沒網住！

魚字妖張開大嘴又咬過來，我連忙用倉頡筆畫出一根長戈：往魚嘴巴一撐——耶，擋住！

魚字妖的嘴巴上下合不攏，兩眼怒睜，尾巴打得水花劈里啪啦亂響。

「呼——嚇死我了！」苞苞俠拍拍胸口。

可是，水聲濤濤，更用力的把我們往白雲沖去！

我用倉頡筆畫出一艘小舟：

「快，爬上去！」

我左看右看，想著用倉頡筆畫出什麼才能脫困？還沒想出來，水流「嘩啦！」一聲，回頭一轉，直直向大地落去——

慘了！真要掉進虎口裡？還是豹口？象口？

馬字妖和犬字妖看起來也恨不得咬我們幾口……

「媽呀！我不想被老虎吃掉啊！」苞苞俠大叫。

水流漸弱，字妖們越來越近。

「哼，就這麼想吃我？」苞苞俠氣得豁出去，大腳往下，「先讓

你們嘗嘗本大俠的臭腳丫！」

虎字妖嘴巴上的尖牙已經清晰可見，嘿，看來真要這樣跟世界說再見了……

忽然，一隻大鳥凌空飛來。

「咻！」「咻！」兩個迴旋，把我和苞苞俠都馱到背上。

「咻——！」天地又一個九十度，回正了！

虎字妖跳起來，沒抓到我們。

「叛徒！」虎字妖罵大鳥，「你怎麼可以幫他們？」

「叛徒！」「叛徒！」「叛徒！」

底下傳來的叫罵聲越來越遠……

6 直立的大鳥

虎口餘生，天地又恢復正常，一切清清朗朗。

「謝謝你！」大鳥把我們放落在一處山頂，我這才看清楚大鳥是。

「燕？」苞苞俠吐吐舌頭，「要不是戴上文字X光鏡，我還以為你是羽毛人呢！」

「不怪你，」大燕笑笑說：「是

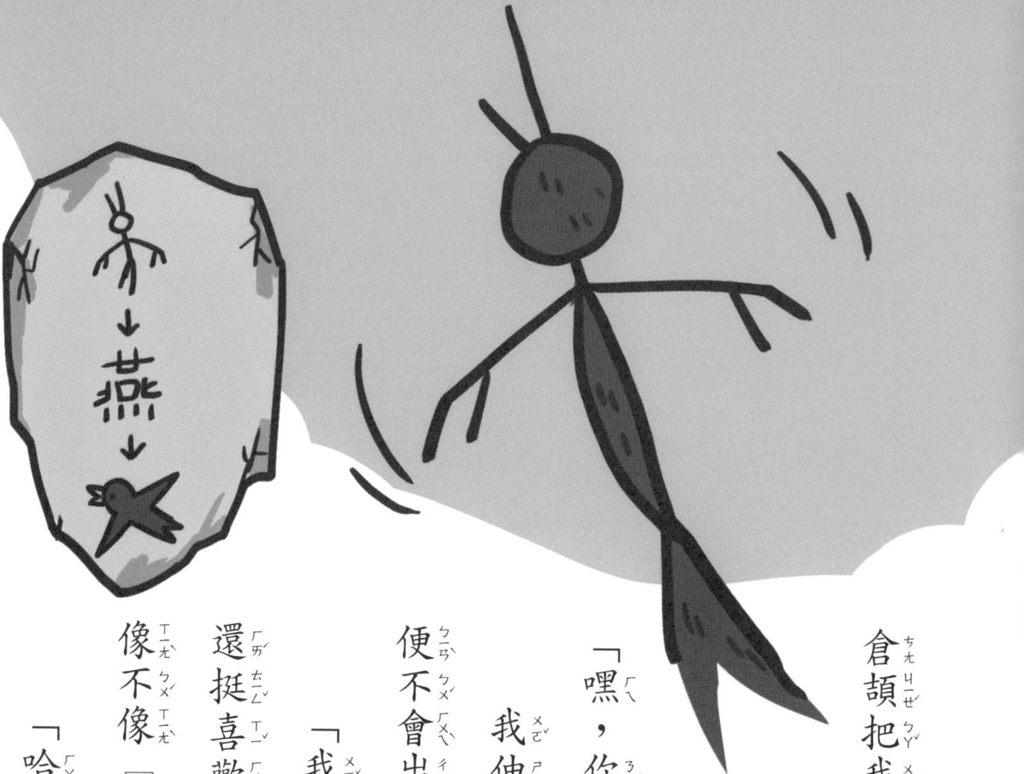

倉頡把我造成這樣的。」

「對喔！你也是直立的！」

芭芭俠往後一跳，雙手比刀。

「嘿，你不會也想害我們吧？」

我伸手一攔。「燕兄要害我們，便不會出手相救。」

「我沒怪倉頡喔！」大燕說：「我還挺喜歡這模樣的。你瞧，我這樣子像不像『一飛沖天鳥』？」

「哈，真像！真像！」芭芭俠說。

大燕說：「不過直立派就很討厭倉頡，都想離開文字世界。」

「直立派？」芭芭俠一臉糊塗。

「剛剛追我們的就是站起來的直立派啊！」我敲敲他的腦袋瓜。

「對喔！」芭芭俠笑起來，對大燕說：「怪不得他們叫你叛徒。」

「虎字妖否認抓走倉頡……」我想了想，想不透，「那會是誰呢？」

「一定是超級大字妖！」芭芭俠說：「倉頡爺爺真可憐，竟然被自己創造的文字綁架了！」

「燕兄，您最近有什麼發現嗎？」我問。

大燕指指山下，「喏，那裡就有兩個嫌疑犯。

我這就載你們下去。」

7 哇，大頭鬼？

山腳下，落葉紛飛，好像秋風掃過。

「奇怪，又不是秋天，怎麼落葉滿天飛？」苞苞俠問。

「我只能送你們到這裡，祝你們好運！」大燕離地還有半個人高，便要我們跳下，返身飛走了。

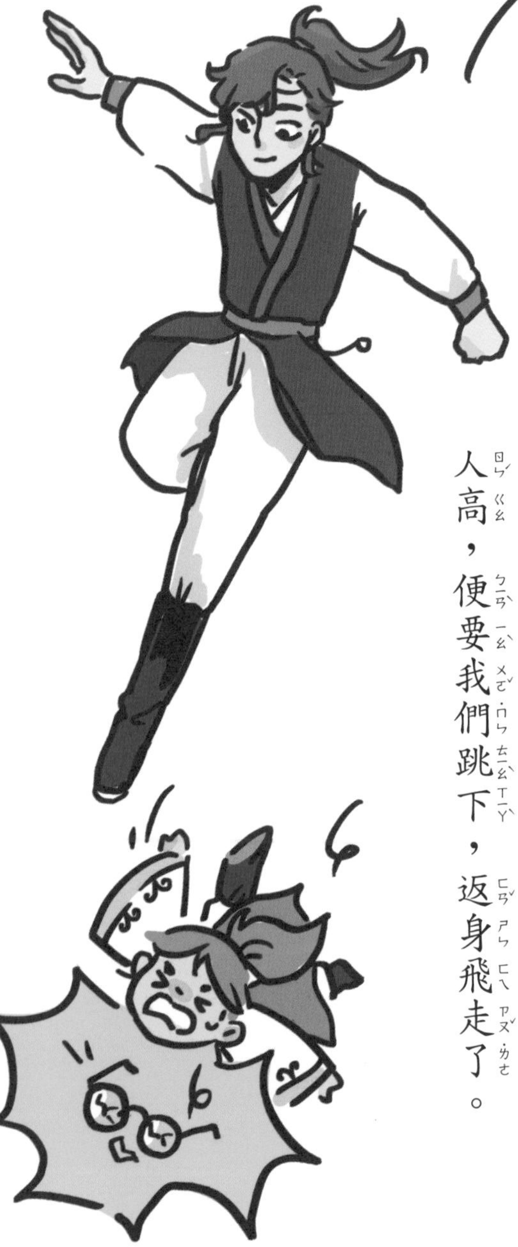

才一落地，苞苞俠就跌了個狗吃屎，把文字X光鏡都跌碎了。

「哇，又是地震！」

我穩住身體，望向四周。「何方字妖？還請現身。」

沒有回應。

大地像水波般上下晃動，森林裡傳來撞擊聲，

「碰！碰！碰！」

我牽起苞苞俠，像跳著波浪舞，慢慢走進森林。

嘿，原來有兩顆大腦袋在對撞！

一個，一個。

「哇哇，大白天也出現大頭鬼？」苞苞俠嚇一跳，接著又拍起手來。「還是一對雙胞胎大頭鬼！」

「什麼雙胞胎？」兩顆大腦袋都停下來，轉過頭，瞪過來。

「哞——我是牛字妖！」變成一個大牛頭，「我體大壯碩，怎麼會跟他是雙胞胎？」

「咩——臭美！」變成一個大羊頭，「我羊字妖身手矯捷，才不會跟這隻大笨牛是雙胞胎！」

「可是你們怎麼長得這麼像？」芭芭俠說：「還都沒有身體？」

「哼，都怪倉頡！」牛字妖咬咬牙，「虎豹象馬犬變成字都有身體，偏偏我沒有！」

羊字妖也生氣的說：「連小烏龜都好手好腳，就我倒楣只剩下頭？還跟大笨牛這麼像！」

「你說什麼？」牛字妖一生氣，撞得旁邊大樹猛掉樹葉。

「說你大笨牛啊！」羊字妖說：「來來來，看我把你撞飛，叫你別學我。」

「誰學你？明明是你學我！」牛字妖頭一低，往前衝。一牛一羊，又用大角撞來撞去。

「停停停，」我連忙阻止他們，「打架解決不了事情。」

「對啊！你們應該去找倉頡爺爺——」芭芭俠忽然像想起什麼，大叫一聲：「吼！是你們把倉頡爺爺關起來的嗎？」

「倉頡爺爺？」牛字妖停下來，抬起頭。羊字妖也退開來，好像這才看到我們。「咦，你們是誰？」

「我是天下第一小可愛，芭芭俠！」

我連忙拱手一鞠躬，「無名無姓，馴字師便是在下鄙人我。」

兩個字妖對看一眼，同時轉向我們。「原來是倉頡的同夥！哼，先撞昏你們再說！」

兩對大角同時衝過來。我趕緊拉起苞苞俠，「逃啊！」

「哇——怎麼又來了？」苞苞俠大叫一聲，拔腿就逃。

8 門後的奇景

「我們為什麼要一直逃啊？」苞苞俠問。

「問倉頡嘍！」我掏出倉頡筆，腳下卻不敢停。

牛字妖和羊字妖在後頭追得可緊呢！

「哇！」苞苞俠回頭看，聲音直發抖，「牛字妖怎麼一直盯著我？」

「誰叫你穿紅披風！」

「救命——救命啊！」芭芭俠嚇得哇哇叫。

我用倉頡筆朝前方畫了一個：門。半空中立刻出現大門。

「快！躲進去。」我撞開門，拉進苞苞俠，關上門。

下一秒，兩隻大角撞了上來！「碰——」「碰——」

還好，大門穩穩不動。

「這門撐得住嗎？」苞苞俠緊張的抵著門。

「不知道，」我聳聳肩，「有個跟倉頡一樣厲害的人，害我的法術沒法施展。」

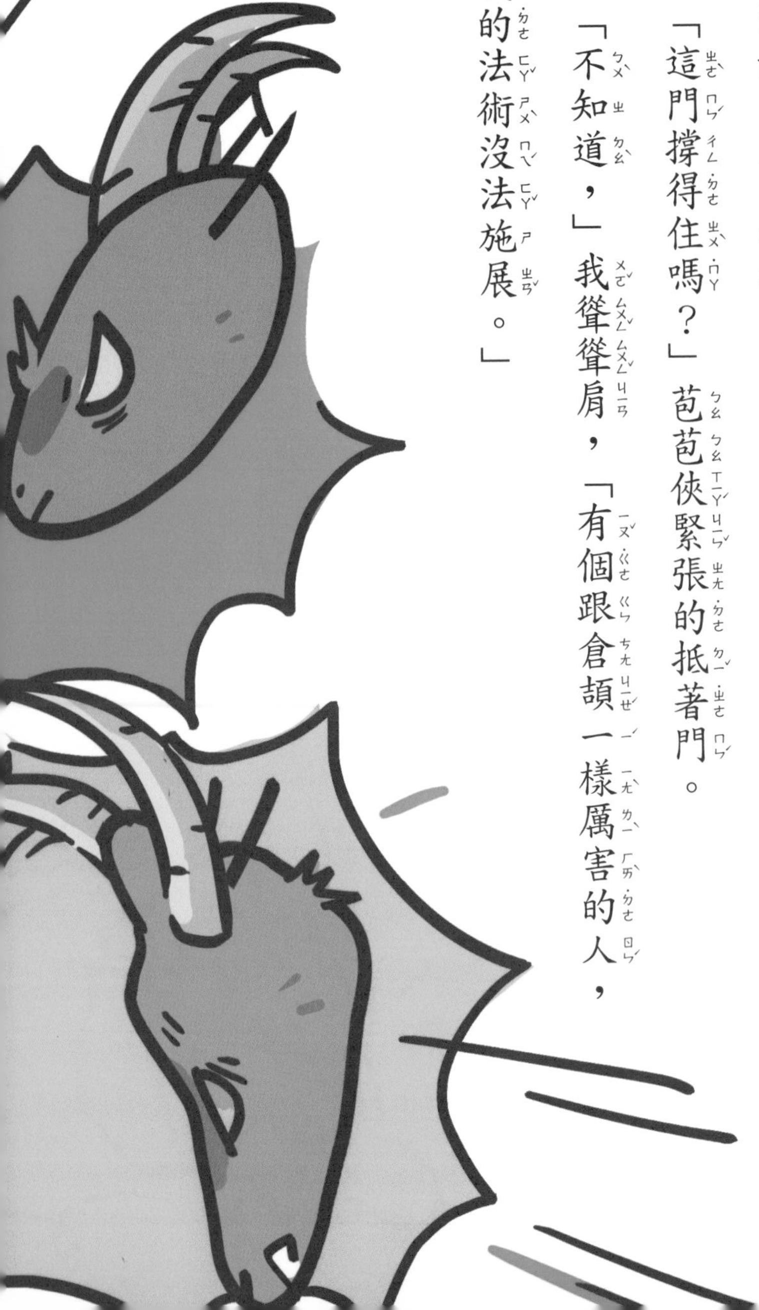

「那我們還不快跑？」芭芭俠立刻轉身就逃。

好喔，就當在練馬拉松！

眼前一片白霧，朦朦朧朧，好像一大團棉花糖。腳下的地慢慢變高。「我們是在往上坡跑嗎？」苞苞俠抓抓腦袋瓜。

慢慢的，腳下的地又慢慢往下斜。「我們是在往下坡跑嗎？」苞苞俠好奇的東張西望。什麼也瞧不清楚，腳下彷彿是一個白雲山坡。

白白茫茫中，一個聲音忽然響起。

「誰在我的天空練習場上跑來跑去？」聲音又響又亮──還真是響一聲，亮一下！

「慘慘，又碰到鬼了！」苞苞俠躲到我身後。

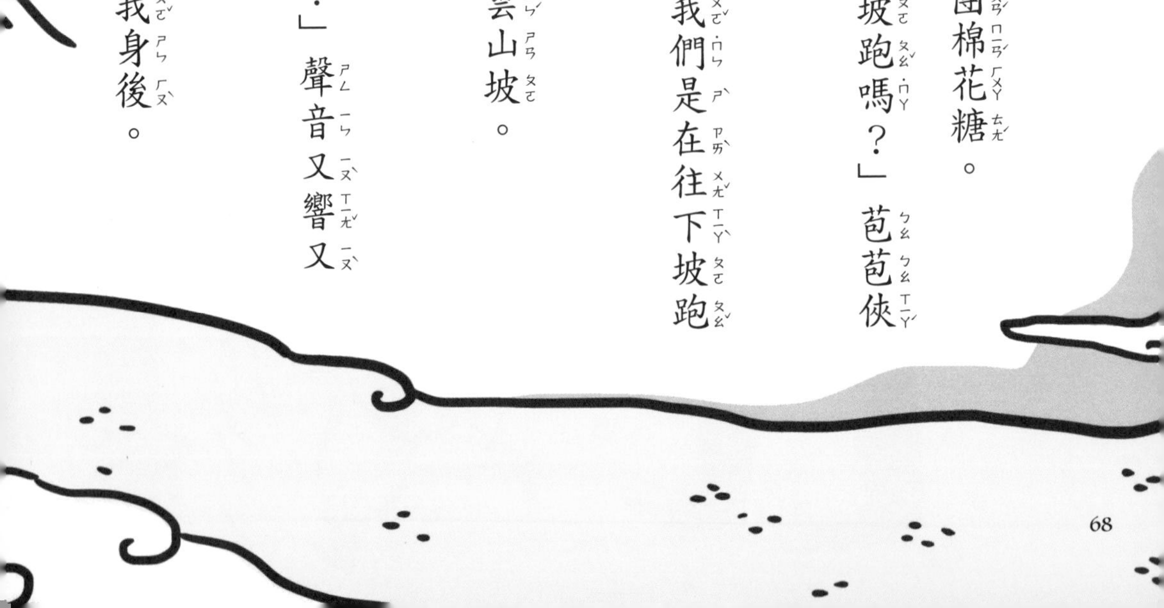

我朝四方拱拱手，「來者何人？還請現身。」

半空中炸出一團亮光，刺得我們趕緊閉上眼。

「不好意思！」我認出那發亮的身影，連忙一鞠躬。「日先生，麻煩您把光度調低一點好嗎？」

「調低？哈哈，弱者！」光度一下轉弱，「這樣行了嗎？」

「哎呀——可以再低一點，調到一百枝燭光的亮度嗎？」

「太遜！太遜！」日字妖很不耐煩，收起大部分光芒。眼前出現一個清清楚楚的。

「你是日——太陽？」苞苞俠好驚訝。

「難道你以為我是月亮？」沒好氣的說。

「哇，真的是太陽耶！」苞苞俠伸手摸一下，又縮回來看看手指頭。「妙妙妙，沒燒焦！文字太陽不燙啊！」

25
75
0
100

「大膽！」回咻一下現出太陽原形，火紅、圓亮，燃出熊熊亮光。芭芭俠嚇得躲回我身後。

我趕緊賠罪，朝日字妖一鞠躬。「請息怒！閣下的委屈我全知道。」

「哼，你怎麼知道我有委屈？」

「圓圓太陽變成文字『日』，形狀方方正正，您怎麼可能不生氣？」

「小子，我喜歡你！」日字妖大笑：「完全瞭解我的憤怒！你說，倉頡是不是該打？」

「壞太陽！」芭芭俠不敢跳出來，只敢從我背後冒出頭，吐舌頭。「原來倉頡爺爺是你抓走的！」

「胡說！」日字妖不屑的搖搖頭，「倉頡那老頭一直想找我們，哼！誰想理他啊？我們這群朋友只想快快離開文字世界。」

「朋友？」我拱拱手，「敢問是誰？在哪裡？」

「喏，他們不是來了嗎？」日字妖往下一揮手，白雲散開，露出一個萬花筒畫面。每一個鏡面中，都有一個字妖。哇，全是之前追趕我們的字妖！

日字妖手一揮，萬花筒中的鏡面瞬間合一，所有字妖一字排開，出現眼前。

「咻——」眼前出現一個大園子。園子裡，一座假山。

「跟我來！」我拉著苞苞俠跑進假山後的山洞。

山洞裡，果然端端正正坐著一個人。

「倉頡爺爺！」苞苞俠嚇一跳，開心得撲上去，

「誰把您救出來的？」

我回過頭，一群字妖全停在山洞口。

「歡迎大家來！」倉頡走出山洞，後頭跟著大燕。

「哼，怎麼又見到你？」虎字妖生氣得瞪著倉頡，「不是說好了，再也不相見！」

「走走走，別理他！」豹字妖說：「我們一

塊離開文字世界，再也不回來。」

「別這樣嘛！」倉頡笑一笑說：「都碰頭了，好歹給我機會解釋一下。」

「歧視就是歧視，有什麼好解釋的？」

倉頡手一揮，所有動物字妖忽然全變成一排文字，而且，不再站立起來。

「耶，你把我們改回正常了？」犬字妖好高興，「一開始就這樣，不是很好嗎？」

「不好意思，筆借一下！」倉頡取走我的筆，往空中寫了一個「冊」字：

半空中出現一冊竹簡。

倉頡伸手朝我比了個手勢，「麻煩你念一下神咒。」

我瞪一眼倉頡，點點頭，雙手結印。「天地乾坤，字靈現身——變！」

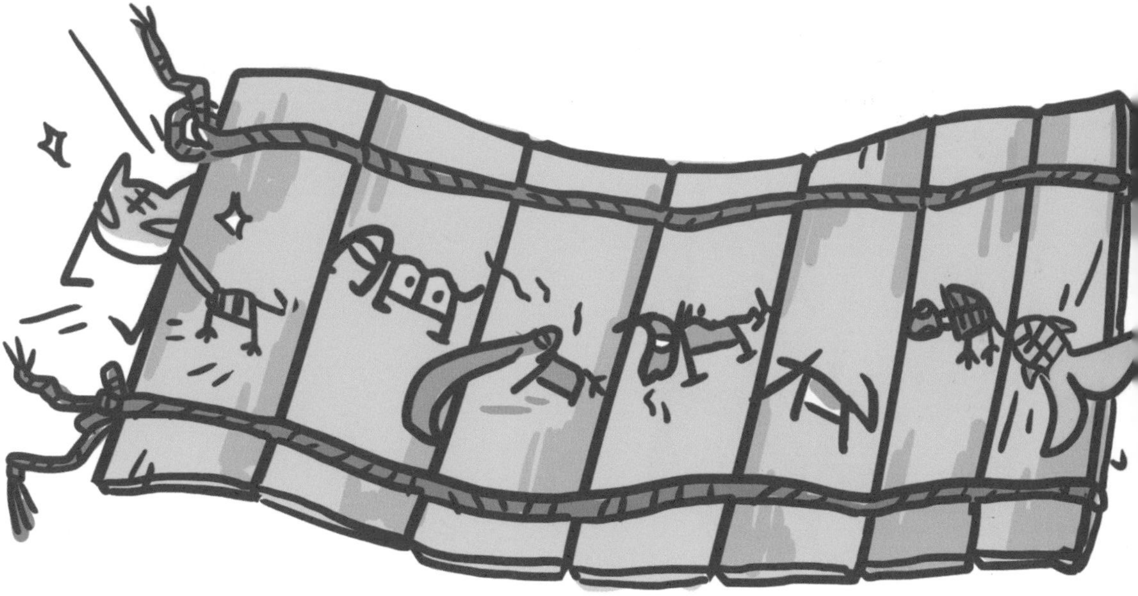

果然，法術又回復了！

竹簡變大，所有動物字妖一一落進狹長的竹片中。

「哇——我的鼻子！」象的長鼻子被竹簡擠扁。

「我的頭！」「我的尾巴！」「唉唷！我的屁股！」……竹簡又長又窄，字妖都被夾擠得哇哇叫。

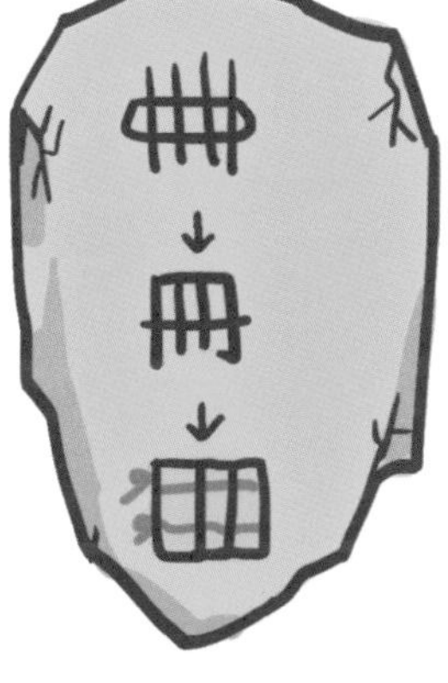

倉頡又用筆一揮，所有字妖又直立起來。

「呼——這樣舒服多了！」「哦耶，剛剛差一點憋死我了！」

「原來如此啊……」虎字妖慢慢吐出一口氣，「在那麼狹長的竹簡上，還是站著舒服。」

牛字妖、羊字妖悶著臉問：「那我們呢？為什麼只有大頭？還像雙胞胎？」

「因為兩位都是我精心設計的啊！」

倉頡說：「字造久了，我才想到可以用局部來代替整體。大角是兩位的特徵，畫出來大家一看就明白。而且，兩位大角的方向不同，有區別喔。」

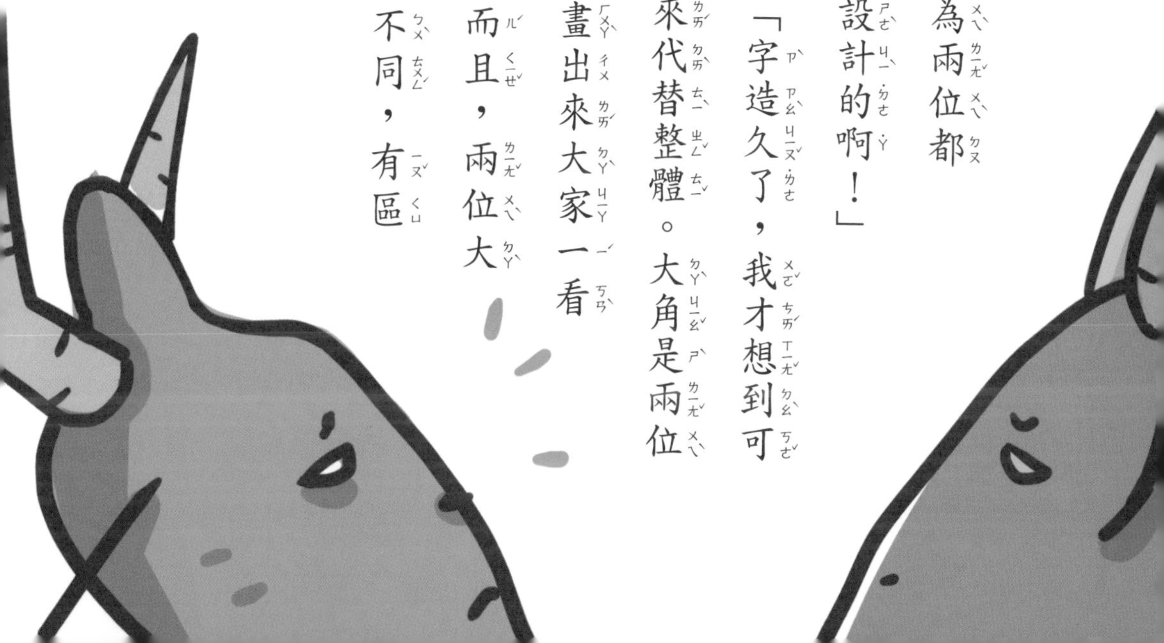

「對耶！」芭芭俠仔細看了看，「牛角往上，羊角往下，真的不一樣！不是雙胞胎。」

「那我呢？」一直沒說話的日字妖走上前。「為什麼我會變成方方的日？」

「誤會！誤會！芭芭俠，借你的披風一用。」

倉頡一招手，芭芭俠的披風立刻抖動起來，半空中出現一個畫面。

右邊，一個人拿著毛筆，寫出一個「日」，形狀好圓：

左邊，一個人用雕刻刀把「日」字刻在龜甲上。刀沒有筆柔軟，一刻一轉，圓弧就變成了直直的線條：

「原來如此！」日字妖沉思了好久，「好，不怪你。」

「感謝各位，」倉頡一拱手，深深鞠躬，「可否請各位繼續留在文字世界？」

字妖們彼此看了看，久久，都點了點頭。

「是我們自己鬧錯脾氣，誤會了你。」虎字妖代表大家發言：「既然如此，我們不出走便是。」

「太好了！歡迎大家重回造字園。」倉頡拍拍手，一陣風過，字妖們瞬間消失不見。

10 真相

「咦，你怎麼還在這？」苞苞俠看著沒有消失的龜字妖。

「那個……我，我……」龜字妖漲紅了臉，「等一下你就知道了。」

倉頡轉頭對我們笑一笑。

「謝謝你們來！」

「倉頡爺爺，究竟是誰綁架您？」苞苞俠問：「又是誰把您救出來的？」

倉頡只是笑。

我忍不住對倉頡吐舌頭，「拜託您以後別這樣害我們！下次想找我們當誘餌，麻煩先說一聲。還以為您被綁架了呢，真是的！」

「不好意思，時間緊急！」倉頡拱拱手，「他們都不肯見我，不給我機會解釋，只好請你們幫忙把他們引回來。」

「那也沒必要讓我們的法術失靈吧？」我瞪著倉頡，四隻眼睛都各瞪了一下。

「不這樣，他們怎麼可能追著你們回來呢？」倉頡四隻眼睛都對我眨了眨。「他們才剛變成字妖，法力還太弱，得讓他們主動追來嘛。而且，我有派大燕去幫你們喔！」

大燕在倉頡背後朝我們一鞠躬，微微笑。

「什麼！一切都是您設計好的？」芭芭俠終於明白了，「害人家擔心死了！還一路逃來逃去，腿都快斷了！您真壞……」

「啪！」一個巴掌風忽然打中芭芭俠。

「誰？誰打我？」芭芭俠跳起來，轉過身，東尋西找。

「我，」龜字妖悄聲說：

「我就是在等這個巴掌風趕到，好跟您說一聲對不起。」

「哇哇！你……你這一掌——」苞苞俠跳回33頁最後一行，一路數回來，「跑了59頁才打到我？你……你也太強了吧？」

「那可不！」龜字妖嘟起嘴巴，「看你以後還敢不敢小看我？」

「不敢！不敢！」苞苞俠趕緊抱拳施禮。「您大人大量，我可不想七老八十過生日時，還被天外飛來的一掌打得莫名其妙啊！」

龜字妖點點頭，滿心歡喜的消失了。

久久，一個笑聲才從牠消失的地方，緩緩傳了回來：「謝謝您們讓我明白了！我們在文字中再相見嘍，告辭！」

馴字齋人物寶典

倉頡爺爺的正職是黃帝的史官，副業是造字神人。他有四隻眼睛，仰看日月星辰，俯看大地山川，將萬物的靈氣化為文字。他創造文字時，驚動天空下起米粒雨，鬼怪都在暗夜裡驚駭得哭泣！只可惜，這一次他竟然故意捉弄人，扣一分！

馴字師破案筆記

這一次我破案了嗎？沒有。因為沒有犯人，也沒有受害者，一切都是倉頡自導自演。不過，能阻止「直立派」的動物字出走，我也不算白跑一趟。

只是，我太晚才想通。除了倉頡，還有誰能讓我的法術失靈呢？

這次經歷也讓我明白：字形，原來也會受到書寫條件的影響呢！

苞苞俠不懂筆記

千猜萬猜猜不到，這次「綁架案」的幕後「大字妖」，竟然是倉頡爺爺自己！

為了表示歉意，倉頡爺爺特別商請這些動物來幫我補上一課。原來，我們的文字祖先們以前是長這個樣子啊！

鹿這個字我一看就知道，那對大角和美麗的眼睛，還有四條腿，太好猜了啦！不過看到鹿我就想到耶誕老公公！

上完課我才知道，原來龜甲板上的字都是來自三千多年前，商朝人的甲骨文。比較一下圖和字，就知道倉頡爺爺超級厲害，把動物的特徵都呈現出來了。

虎字超凶的，還好有聽到倉頡解釋，不然，牠還以為自己被罰站呢！

豹這個字跟虎很像，還好身上的斑點讓我可以分辨不同！

我覺得象這個字跟虎、豹也很像啊，不過尾巴有分岔的毛，加上那個長鼻子，挺好分辨的。

犬就是狗，字的尾巴是往上翹的，好像看到人就會一直搖尾巴的樣子。

馬字除了長臉跟大眼睛，最特別的是有鬃毛耶！

燕這個字很漂亮唷！上面是燕子張開的嘴巴跟頭，然後是張開的翅膀，下面是分岔的尾巴。好像我穿著羽毛斗篷在表演！

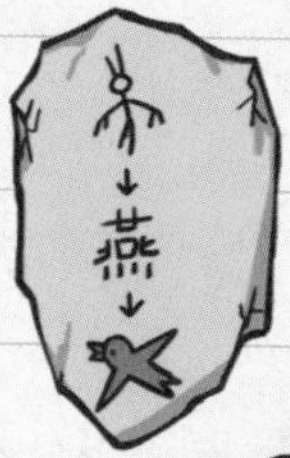

魚這個字把魚鰭、魚鱗、魚尾巴都表現在字裡頭，好像在看卡通人物唷！

倉頡爺爺送我好多龜甲板，都在書中出現過，有些字我都忘記了呢！

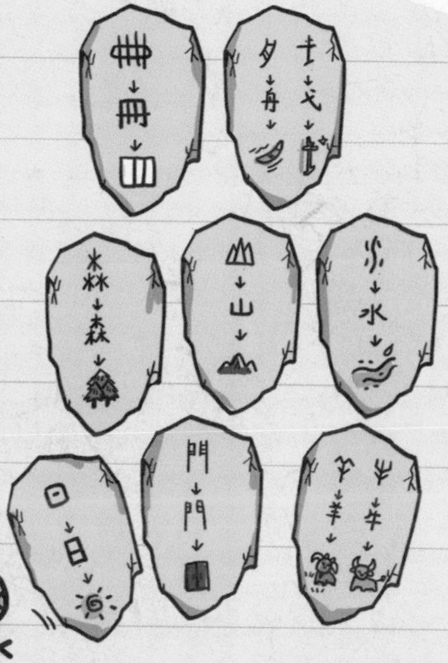

嘻嘻，我發現沒有龜的龜甲板，牠會不會氣呼呼？

我要去小學堂監考，要不要跟？
要！要！
是！
默寫！請寫出「鹿」字。
又一個錯字！
啊，寫錯了！
嘻，這我認得。

這才對嘛！我是從楷體字變來的字精靈，一看就懂。
鹿
答對。
鹿
你猜幾個寫對？
我知道，三對兩錯！
不，全都答對！這是跨時空小學堂，小朋友來自不同朝代。
漢
唐
秦
鹿
鹿
商
周
原來字也會長大、改變模樣啊！
你是字精靈，要知道自己的祖先長什麼樣子喔！
是！遵命。